바람의 머리카락

고요아침 운문정신 06

바람의 머리카락

홍성란 시집

고요아침

세상에 와 그러모은 그 어떤 것도
천 길 강물에 스미는 봄눈 같은 것.

허공인 줄 모르고
나는 자꾸 허공인 줄 모르고
무엇에 골몰하는가.

조운은 가고 시조는 남아
「고매」가 있고, 「석류」가 있고
「구룡폭포」가 있으니.

2016년 봄눈 날리는 저녁
홍성란

| 차례 |

제1부 조운문학상 수상작과 대표작

제2부 종마처럼

제3부 아득한 집

제4부 슬픔이 슬픔에게

제5부 사람의 마을

제 1 부
조운문학상 수상작과 대표작

어린 봄

새는 어디서 오는 걸까
버들강아지 낮은 물가

붉은머리오목눈이 쓰다듬는 눈을 하고

물 건너
보기만 보네 하느님도 꼼짝없이

바람의 머리카락

대추 꽃만 한 거미와 들길을 내내 걸었네

잡은 것이 없어 매인 것도 없다는 듯

날개도 없이 허공을 나는 거미 한 마리

가고 싶은 데 가는지 가기로 한 데 가는지

배낭 멘 사람 따윈 안중에 없다는 듯

바람도 없는 빈 하늘을 바람 가듯 날아가데

날개 없는 거미의 날개는 무엇이었을까

눈에는 보이지 않는 무언가 있다는 듯

매나니 거칠 것 없이 훌훌, 혈혈단신 떠나데

큰고니를 노래함

어느 별이 보낸 인연이었나
부르지 않아도 찾아와서는

기꺼이, 하늘 아니어도 솟구쳤다간 날개를 펼쳐 선회
하듯이 마땅히, 날 기다리지 않아 날 붙잡아두지도 않
아 아닌 듯, 내 마음 잔가지 흔드는 바람이었다가 정말
은, 잠시도 날 가만 두지 않는 파랑波浪이었다가

어느 날
보내지 않아도 떠나버릴 그대여

쌍계사 가는 길

날
두고
만장일치의 봄 와버렸네

풍진風疹처럼 벌 떼처럼 허락도 없이 왔다 가네

꽃 지네
바람 불면 속수무책 데인 가슴 밟고 가네

명자꽃

후회로구나
그냥 널 보내놓고는
후회로구나

명자꽃 혼자 벙글어
촉촉이 젖은 눈

다시는 오지 않을 밤
보내고는
후회로구나

들길 따라서

발길 삐끗, 놓치고 닿는
마음의 벼랑처럼

세상엔 문득 낭떠러지가 숨어 있어

나는 또
얼마나 캄캄한 절벽이었을까, 너에게

소풍

여기서 저만치가 인생이다 저만치,

비탈 아래 가는 버스
멀리 환한
복사꽃

꽃 두고
아무렇지 않게 곁에 자는 봉분 하나

황진이 별곡

신은 석양을 그리다 망쳐버렸다

앞뒷산 붓자락에
먹물 반쯤 잠겨 버린

이런 날
이른 별빛도
목메는 설움이다

아니 서러운 건
별도 아닌
눈물도 아닌

시드는 꽃이다
팽팽한 자존이다

처절한 이 포복에도 까딱 않는 님이다

폭풍의 언덕

봄비 한번 제대로 오니 온 산 휘두르는 봄꽃 봄꽃들
그 꽃 그늘에 가린 진달래도 살살 타되,
꽃송이 몇 대 못 올리는 건 너나 나나 한 가지

한 섬 눈물 흘리며 황사 지나는 사이
거품 문 생각들 죽어 떠내려가는 사이
창밖엔 봄을 몰고 가는 하얀 바람 보이고

얼마나 많은 꽃들 이 별에선 피고 지는지
얼마나 많은 일들 벌어지는지 알 수 없으니
그렇지, 그럴 수도 있겠지… 못 참거나, 부끄럽거나

두려운 건 아무렇게나 덜걱대는 심장이어서
미안한 건 하다 만 연애나 읽지 않은 책들일까
잘 익은 포도주처럼 깊어 가는 내 저녁

십일월

사람은 두고 마음만 사랑할 수 있을까

널 사랑한 게 아니라 네 마음을 사랑했다고

가을도 다 지난 산언덕
가끔 지는
가랑잎

널 보내고 네 마음 다시 그립다고

먼 파도소리처럼 살 비비는 가랑잎 떼와

오백 년 그 너머 가인歌人에게
말해줘도
좋을까

봄이 오면 산에 들에

단비 한번 왔는갑다 활딱 벗고 뛰쳐나온 저년들 봐, 저년들 봐 민가에 살림 차린 개나리 왕벚꽃은 사람 닮아 와자한데

노루귀 섬노루귀 어미 곁에 새끼노루귀, 얼레지 흰얼레지 깽깽이풀에 복수초, 할미꽃 노랑할미꽃 가는귀먹은 가는잎할미꽃, 우리 그이는 솔붓꽃 내 각시는 각시붓꽃, 물렀거라 왜미나리아재비 살짝 들린 처녀치마, 하늘에도 땅채송화 구수하니 각시둥굴레, 생쥐 잡아 괭이눈 도망쳐라 털괭이눈, 싫어도 동의나물 낯 두꺼운 윤판나물, 허허실실 미치광이 달큰해도 좀씀바귀, 모두 모아 모데미풀 한계령에 한계령풀, 기운 내게 물솜방망이 삼태기에 삼지구엽초, 바람둥이 변산바람꽃 은밀하니 조개나물, 봉긋한 들꽃 산꽃 두 팔 가린 저 젖망울

간지러, 봄바람 간지러 홀아비꽃대 남실댄다

23

따뜻한 슬픔

너를 사랑하고
사랑하는 법을 배웠다

차마, 사랑은 여윈 네 얼굴 바라보다 일어서는 것 묻고 싶은 맘 접어두는 것 말 못하고 돌아서는 것
하필, 동짓밤 빈 가지 사이 어둠별에서 손톱달에서 가슴 저리게 너를 보는 것
문득, 삿갓등 아래 함박눈 오는 밤 창문 활짝 열고 서서 그립다 네가 그립다 눈에게만 고하는 것
끝내, 사랑한다는 말 따윈 끝끝내 참아내는 것

숫눈길
따뜻한 슬픔이
딛고 오던
그 저녁

애인 있어요

노래자랑에 입상하신 여든한 살 할머니가 분홍 셔츠에 흰 바지 차려입고 이은미의 〈애인 있어요〉를 다소곳 환히 부르네

숨은 턱에 찼으나 손 모아 파르르 입술 모아 애인 있어요, 말 못한 애인 있다니 여든넷 어머니 그늘 겹쳐 오네 새치 뽑던 파마머리 젖가슴 뭉클 잡히던 얼굴 연하고질煙霞痼疾이여, 희미한 내 노래여
나도 애인 있어요, 춘천 어디 산비탈 가지마다 매어두신 실오리, 실오리 스쳐 돈담무심頓淡無心 내려온 데 목메도록 애인 있어요 천석고황泉石膏肓이여, 희미한 내 노래여 골도 좋아 물 시린 집, 다시 못 올 흔들의자에 내가 버린 애인 있어요

나 날 적 궁전이었으나 내가 버린 폐가廢家 있어요

25

제2부

종마처럼

종마種馬처럼

갈기 날리며 무리를 거느린 광야廣野

바람 자는 중천中天
날은 맑고 하늘은 깊어

달린다, 보이지 않는 북소리 둥 둥

출정 出征

너구리는 가으내
물고기 열매 잔뜩 먹고

산언덕에 올라가 데굴데굴 굴러본다

굴러서
아프지 않아야 겨울잠 자러간다

놀이

아이는 왜 울며불며
제 그림자를 떼려 했을까

빗자루 들고 쫓아오는 엄마도 어쩔 수 없어

구름도
세상에 나오면 그림자가 생긴다

숨결

잠긴 돌들 또렷해
물소리는 숨었다

어제처럼 눈을 뜨고 들길을 걸었다

하나도 들은 바 없이 뉴스는
흘러갔다

달라이 라마처럼,

돌쟁이 웃음처럼 맑은 바람 분다 해도

그것은 내가 살기 위해 짓는 표정

꼬리가
몇 개나 달린 짐승일까, 나는

소식

밤송이 까서
풋밤 세 알 나란히 얹은 바윗돌

다람쥐
그걸 알고 알밤만 가져갔다

매봉산
찌르레기가 비 온다고 소리쳤다

갈애渴愛

한 이십년 더
모지라져야 할까

허공인 줄 모르고 허공인 줄 모르고

인생은
잠깐이라는 말, 들어본 일은 있으나

탱화

몸부림치던 나날 그 마음 굽이 보는
아침

목숨 도모였다 이 눈물도
결국은

백일홍 꽃잎을 뜨는 표범나비 한 마리

길과 바람

길을 막으면
사람들은 샛길을 낸다

여뀌 풀 웃는 비탈 환삼덩굴에 넘어져도

순풍順風은
어디서 오나 보러가야 하니까

샌프란시스코에서

만지작만지작
너무 고르지 말아요

사랑일까 망설이는 사이 사랑도 가버리고

유람선 뱃머리 위로 갈매기도
가버리고

소설 小雪

나이 들어간다는 건
헛웃음 배우는 일

그 공허한 몸짓에 귀가
웃는 일

파다히 쓸리던 은행잎
북서풍도
지나갔다

귀명창

나이 들어간다는 건
욕망 하나씩 지우는 일

맑은 새 울음 같던
여운도
떠나고

웃으며, 갈 것은 가라고
주마가편走馬加鞭 하는 일

우리 사이

세상 산다는 건
비위를 맞추는 일

미안해
고마워
두 어깨 토닥이며

나도 그 간격을 버리고
네 눈빛 보는 일

제**3**부
아득한 집

아득한 집

낯달
숨어들어도
잡아둘 수 없으니

무덤 속
아버지는 추억이 된 지 오래고

붓 자국
새털구름도 가을 위로 지나간다

소서 小暑

벗을 만큼 벗은 시드니 교외 목장

나국적 여행자들 가운데 보통 키에 좀 배가 나온 타이완 남자는 제 몸이 만든 그늘 속으로 콧잔등에 송글송글 땀 맺힌 어린 딸을 불러들였다 아가, 아빠 그림자 안으로 들어와 그림자 안에 있으면 시원해

많은 장면 가운데 십년 전 그 풍경 가끔 집히는 건 덥다고 아버지 그늘에 스미던 아이의 어린양하는 목소리 때문은 아닐 것이나 가끔 물 잔에 잉크 번지듯 번져오는 것이다

그늘도 어린양도 걷힌 아버지 유택에 기운 달

검정 필체

  난분에 색연필로 쓰신 '사월십오일 물주입注入, 사월
삼십일 물주입注入'

  때를 벗지 못한 아이가 두려운 눈길 어디 둘까 몰라
반쯤은 허공을 올려다보던 아이가 지금은 어디 서 있는
지도 몰라
  책보처럼 어긋 맨 고양이라도 업었다면 터진 볼 발갛
게 두렵진 않으리 계신 곳 몰라 못가는 걸까 가신 지 석
삼년 가볍지 못하고 지우지 못해 붙들고 있는 아버지

  나 없는 천공 그 어디 가다 서다 계실까

늙은 어미의 노래
— 성묘

님아
귀룽나무 지나

님아
노랑붓꽃 지나

간다는 말도 없이 저 혼자 간 사람아

간다고
가는 줄 알겠어, 왔다고 온 줄 알겠어

슬픔이라는 명사

어머니 인생이
지나가는 걸 보고 있었다

휠체어 밀려가듯 꼼짝없이 계절이 가듯

삶이란
떠나는 것인가, 보고만 있었다

동천冬天

단감 씨 싹 냈다고 오그려 앉은 엄마가
윗목 창가 토분 앞에 아버지를 불렀다

죽어도 다시 못 볼 하늘
열일곱 나는
몰랐다

제**4**부

슬픔이 슬픔에게

슬픔이 슬픔에게

알아 너 그렇다는 것
알아, 알지만

알지만 아는 척 할 수 없어 미안해

세상엔
없던 일만 못한 일도 있다는 것
알잖아

비 오는 날의 수채화

핸드폰도 가끔
사람같이 착해서

목소리 주고받으면 너 함께 있는 것 같아

하지만
안녕하고 작아지는 감장 우산은 볼 수 없어

물억새의 노래

시달리는 건 억새꽃일까 마냥 부는 강바람일까
저 보드라운 자세도 헤어지는 시늉이니
어느 때 헤어질 것인가
아무도 모를 시한

헤어진다는 게 눈에 보이지 않는 거라면
영영 헤어진 아버지처럼은 말고
한동안 보이지 않는 게
헤어지는 거라면

해 뜰 때 나간 사람 돌아와 문을 여는
훗날 어느 백년까지 헤어지련다 헤어지련다
늦콩 둔 저녁을 지으며
마음 단단히 먹고

가을날

몸이 한 말
마음이 지키지 못하면 무효다

약속은 말자
스치는 바람, 흩어가는 갓털처럼

언젠가
나중에
다시

만나자고는 말자

너 앉은 쪽으로

해마다 이맘때 양재천은 양재천이나
들판을 점령한 세력은 바뀌었으니
치솟아 우람한 갈대숲 서걱이는 품이 좋아

고마리 물미나리 모여드는 물기슭
가까이 더 가까이 욕심내어 지켜보던
왜가리 그만, 너울너울 타래실 풀며 가네

망연히 바라보는 조릿대 귀룽나무
춤사위도 각각各各 들판에서 배우느니
일색一色이 아니어서 좋고 같지 않아 고맙고

바뀌고 바뀌는 것, 그런 줄은 알지만
항시恒時 바뀌지 않은 너는 나의 대세였으니
너 앉은 쪽으로 기우는 가느단 이 판세

입동立冬

찔레 덤불 덩굴딸기 휘들인 저 지붕 아래

눈이 와도 가려 줄 너랑 쪼그려 앉을까

포장집 불빛 같은 열매
오목눈이
보고 간다

설인雪人에게

눈 오는 날
아무도 찾지 않는 산굽이 돌아
네가 날 찾으면 좋겠다

돌아보면 내 발자국만 따라오는 다들 버린 산길이라
도 고스란히 쌓이는 눈 깊은 산길이라도 설레어 찾아가
는 길 미끄러질까 더듬어 놓는 발길이면 어때 그러나
무시무종 파랑 치는 잔물결이면 어때
붉은 이마 식히는 찔레처럼 눈송이 휘도록 없은 강아
지풀처럼 네게 말하고 싶어 머리 가슴 배 동그란 마음
돌돌 굴려 어디 가두어둘까 눈 하고 사랑하려다 장난만
치고 돌아왔다고 그러나 무시무종 파랑 치는 잔물결이
면 어때

그러니 고스란히 내려앉는 눈 문득
네 얼음집에 갇히었으면
좋겠다

제5부

사람의 마을

사람의 마을

장맛비 지나간 저녁
북두칠성 나왔다고

반가워 가리키는 손, 누가 힐끗 스쳐간다

어두워
다행이라고 풀 향기가 웃었다

사구砂丘에서

네 이름 무엇이냐 금빛 수슬 해당화

다홍 꽃잎사귀 끌고 오긴 왔다만 털어버릴 수 없는 가시 때문에 번지는 슬픔, 번지는 슬픔 알고 왔는가 생각해도 해풍 휘몰아치던 하필何必 신두리 모래언덕

삶이란 팔 할이 소금기였다 해당화 말고 네 이름은 무어냐

그림자

누가 제 눈으로 제 얼굴 보았으리

거울 속 얼굴이여 '나'라는 사람이여

꾸미고
꾸민다 해도 드러나는 본모습

이 모래판 위에 무어라 적을까

그래서 좋았다 쓸까, 그래도 좋았다 쓸까

꼬리가
지운 발자국 따라오는
소리들

자화상

나는 먹구름이에요
지나가는 백운白雲 아니라

천둥 번개 한바탕 풀어 천지간에 터지는 꽃망울

나는요, 중중重重 먹구름이에요
청산靑山 울리고 갈
소나기

천변 풍경

물마에 누운 버드나무
누가 베어냈을까

새들 놀아주던 밑동엔 하얀 똥 몇 점

봄비도
어루만지며 나이테를 헤어본다

밉상

그렇게 다짐했건만, 저질러놓고 부끄러워 기한 지난
세차쿠폰 떼쓰다 거절당하고 '갑질'에 '진상'이라는 말
학습하듯 행패 부렸어

주유소 프리미엄쿠폰 그 몹쓸 프리미엄쿠폰 핏대 올
리고 괴로운, 내가 오늘 밉상이야 애꿎은 커피만 거푸
기울이는 저녁이야

구름 산책

쫓겨난 비둘기 한 쌍 뻘을 쪼는 한강 둔치

새로 불어쌓는 강바람 자꾸 보내고 멀리 물거품 남기고 내빼는 모터보트 은빛 자전거 굴렁쇠도 보내고 홀렁, 날아 가버리는 모자를 잡아 쓰고 구름 걷듯 가다 문득 돌아본 서쪽 하늘은 능소화 그 빛인데

여기서 뭐하는 거지 내가, 이게 나일까

12월

한때
손잡고 걷던
달개비 꽃철은 가고

혼자 가는 바스락 길 가벼우니 가벼워

근골筋骨만 남기고 웃는
자작나무
맑은
숲

슬픔이여, 안녕

말티즈가 그토록 따르던 건 제 어미라고 그랬던 거다

누가 낳은 줄도 모르고 어미 떨어져 사람 집에 와 살며 종일토록 빈 집을 지켰으니, 늦은 밤 돌아오는 기척에 제 어미라고 오줌 졸졸 흘리며 발끝에서 어깨까지 기어올라 핥고 부비고 핥고, 꼬리 떨어져라 흔들던 거였다 제 어미라고 조막만한 몸으로 그토록 제 고독孤獨을 천애고아天涯孤兒 짐승의 슬픔을 고하던 거였다

말할 줄 아는 짐승들은, 살아 이별을 만든다

시인의 사회

붐비는 오 교수 퇴임식에서 전집 한 질을 받았다

이름과 전화번호를 적고 바닥에 내려놓았다

옆자리 앉은 이가 말했다
"아직도 세상을 믿네!"

걱정마라 사람이니까

얼룩말 쓰러뜨리는 재규어를 보고, 진저리치며 불고
기백반을 먹는 저녁

걱정마라 사람이니까 다시 사람이 되진 않을 테니까,
부려놓은 씨앗들 통통 여물어 명색名色이 다시 사람 되
기는, 눈먼 바다거북이 백년에 한 번 바다 위로 목을 내
밀 때, 마침 떠내려가는 판자 구멍에 모가지 걸릴 만한
요행이라니

산목숨 다시 쓰러뜨릴까, 걱정마라 사람이니까

무도舞蹈

오늘에야 아네 별도 웃을 줄 안다는 걸

더딘 걸음 애벌레가 사람길을 가는 밤

자리공 거룻배 한 잎 놓아주는 손이 있어

올라앉을까 멈칫 돌아갈까 꽃가마 한 채

새로 난 벌레길이 어슴프레 잠시 웃네

태풍이 온다고 휘는 목, 물푸레나무 선율旋律을 보네

역말 느티나무*

상제上帝의 전령인가 눈송이 몰려오네

눈송이 몰려오네 느티나무 시간을 따라 경배하듯 경
배하듯 심줄 위에 실핏줄 위에 희디 흰 길을 내네
　인력거 지나가고 우마차도 지나가고 가라말 갈기 날
리며 흙먼지 풀풀 달려온 길 팔백년 품에 깃든 역참의
새란 새들 순한 속깃 걷어 모아 하례하는 아침이네

숫눈길 펼친 가지 환히 잣까마귀 내려앉네

* 서울 강남구 도곡동 967번지 소재. 이 느티나무는 1968년 서울시에서
　보호수로 지정할 당시 추정 수령 730년이다.

광화문 연가

시비가 없다면 뭔가 잘못된 세상이지

직송이 비교적 적은 북한은 데모가 없대

선 채로 펑 펑 우는 저
피켓의 활황活況

코무덤
– 풍신수길에게

얼마나 서늘히 네 가슴 내려앉더냐
네가 내 코를 베던 그 날 그 순간
박꽃은 하얗게 피어 박속 내 나던 나라

네 가슴 내려앉듯 가라앉진 말거라
몽돌 같은 조선의 순한 얼굴 복판에
선지 피 함께 덜어 간 코무덤만 남아

미안하다 너 죄 짓게 한 내 죄가 오늘 크니
네 아비 아비의 죄도 환히 드러난 박꽃 아니냐
박속 내 사방 구만 리 이내처럼 번진다

해설

단절과 유연함, 깊이 사유하는 영혼의 울림

/이지엽

단절과 유연함, 깊이 사유하는 영혼의 울림

이지엽

경기대 교수 · 시인

홍성란 시인의 시편에는 자연스러운 가락도 가락이지만 깊이 사유하는 영혼의 울림이 있다. 상처를 보듬고 같이 울어주는 애린과 같은 여린 정서도 있고, 큰일을 대수롭지 않게 뭉턱뭉턱 밀어 제켜버리는 담대함도 있다. 주제와 감정의 넓은 폭이 있는 반면 섬세하게 읽히는 따뜻함도 있다. 단시조에서 보이는 극서정시와도 같은 반전과 의외성이 고도의 긴장감을 느끼게 한다. 사설시조에서는 반복과 절정의 기법을 잘 살려내면서도 선적 아취의 일탈의 정신을 잘 형상화하고 있다. 동시에 가락을 잘 넘나들고 있어 무엇보다 자연스레 읽힌다. 바야흐로 물을 만난 고기떼가 장강을 흘러 거칠 것 없이 유영하는 형국이다.

1. 단절과 초월의 구성법

단시조에서는 단절과 초월의 구성법이 긴장감을 느끼게 한다. 특히 각 장에서는 전이轉移가 크게 일어나며 행간에 많은 이야기를 숨기고 있다.

> 새는 어디서 오는 걸까
> 버들강아지 낮은 물가
>
> 붉은머리오목눈이 쓰다듬는 눈을 하고
>
> 물 건너
> 보기만 보네 하느님도 꼼짝없이
>
> —「어린 봄」 전문

단시조에서 보여주는 첫째 특성은 각 장의 간극이 넓다는 것이다. 인용시「어린 봄」에서 초장의 시적 사유는 바로 중장으로 연결되지 않는다. 중장에서 종장으로의 연결도 그렇다. 그런데 이러한 연결의 단절은 각장에서의 전구와 후구에서도 나타나고 있다. "새는 어디서 오는 걸까/ 버들강아지 낮은 물가"라고 말하면 후구는 새가 오는 장소인 것도 같지만, 그것이 아니라 어린 봄이 와 있는 어느 특정한 부위를 지칭한 것도 같다.

중장도 "붉은머리오목눈이 쓰다듬는 눈을 하고"는 통째로 읽히지만 이 주체가 과연 누구인가를 생각하면 간

단치가 않다. "하느님"인가? "어린 봄"인가? "붉은머리오 목눈이"인가? 모두가 그럴 수도 있는데, 이를 그렇게 볼 경우 해석은 조금씩 달라진다. 재미있는 것은 "하느님도 꼼짝없이" 보기만 한다는 것이다. 이 인식은 모든 만물 의 주체자인 존재를 만물 중의 어느 하나로 감쪽같이 동 일시하고 그 신성성을 무너뜨린 데 있다. 일단은 여기서 오는 담대함이 뭉툭하게 느껴진다. 어느 것이라도 대수 롭지 않게 보려는 일탈의 정신을 보여주기 때문이다. 그 러나 이것은 절대 도를 벗어난 것이 아니다. 신성성의 무 너짐으로만 해석할 수 없는 이유이다. 어린 봄은 그것이 "어린" 것이기에 하느님도 어쩔 수 없는 것이니 신에게 있는 자비를 강조한 것이라 볼 수 있기 때문이다. "어린 봄"에 있는 천진함을 더 크게 바라보는 시인의 시선은 순 수하기 이를 데 없다.

여기서 저만치가 인생이다 저만치,

비탈 아래 가는 버스
멀리 환한
복사꽃

꽃 두고
아무렇지 않게 곁에 자는 봉분 하나

―「소풍」전문

「소풍」또한 단절의 미학이 잘 드러나고 있는 작품이

다. 도입은 "여기서 저만치가 인생이다"라고 말한다. 여기는 어디이고 저만치는 어디인가. 여기는 "비탈 아래 가는 버스"이고 저만치는 "멀리 환한/ 복사꽃"이다. 그런데 그 멀리에 있는 꽃을 가늠해보니 꽃만 있는 게 아니라 그 옆에 봉분이 하나 있는 것이다. 꽃은 화사하고 밝은 것이고 봉분은 쓸쓸하고 적막한 것이니, 이 둘이 함께 공존하는 것이 인생이 아니겠냐는 것이다. 뚝뚝 끊어지는 듯하면서도 연결이 된다. 장과 행간 사이에는 많은 이야기가 숨어 있다.

> 얼마만 한 축복이었을까
> 얼마만 한 슬픔이었을까
>
> 그대 창문 앞
> 그대 텅 빈 뜨락에
>
> 세계를 뒤흔들어 놓고 사라지는
> 가랑잎
> 하나
>
> ―「춤」 전문

「춤」 또한 그렇다. 춤이 축복이고 슬픔이라는 발상도 밋밋하지는 않다. 그런데 "얼마만 한"이라고 하였다. "얼마만의"도 아니고 "얼마만큼"도 아니다. 이 둘의 의미를 다 포함한 개념이다. 다시 말해 축복이나 슬픔의 시간과 양을 다 지칭하고 있는 것이다. 그것이 벌어지는 곳은 다름 아닌 "그대 창문 앞"이다. 그 창문 앞은 한때는 시끄럽고 복잡하기도 했지만 지금은 조용하다. "텅 빈 뜨락"이다. 거기에 가랑잎 하나가 바람이 날려 떨어진다. 그냥 얌전히 떨어지는 것이 아니라 춤을 추고 있는 것이다. "세계를 뒤흔들어 놓고 사라지는" 춤이다. 고즈넉하고 조용한 세계를 여지없이 흔들어 놓는 춤이었던 것이다. 그것이 축복이고 슬픔이었음을 춤이 끝난 후에야 안다.

코끝만 스쳤대도 비는 비, 그대

개울가 마른 언덕 쇠뜨기는 번져서

그 눈길
허전히 머문 자리 훅, 끼치는 살 냄새

— 「여우비」 전문

이 작품에서 초장의 "그대"는 다소 엉뚱해 보인다. 왜냐하면 초장의 의미 구조로 보면 "그대"가 앞의 부분과 쉽게 연결이 되지 않기 때문이다. "비는 비" 구조를 취해 "그대는 그대" 정도로 해야 맞을 것 같다. 그런데 "그대"로 끝내고 있는데, 이 "그대"로 인해 이 작품은 많은 생각을 불러일으킨다. 우선 이 "그대"는 중장의 "개울가 마른 언덕"에 걸려 그대라는 존재가 마른 언덕처럼 건조하게 보인다는 의미로 해석되기도 하고, "쇠뜨기"에 걸려서 "쇠뜨기"처럼 마구 번지는 그리움의 실체로 해석되기도 한다. 더욱이 종장의 "그 눈길"이 그대의 눈길로 해석되어 빗속에 "훅, 끼치는 살 냄새"로 다가서는 것이니 더욱더 절묘함의 파장을 일으키는 것이다. 이 모두가 "그대"를 초장의 끝에 배치함에서 연유하고 있으니, 하나의 단어가 놓이는 자리가 얼마만큼 중요한가를 단적으로 보여주고 있다.

2. 가락의 유연성과 강약의 절묘한 조절

반면에 홍성란 시인은 연시조에서 단시조와는 전혀 다른 기법을 보여준다. 연시조가 주는 단조로움을 극복하고 유연함을 살리기 위해, 언어가 주는 어감과 반복성을 잘 살리고 율격에 상당한 변화를 일으키며 활력을 주고 있다.

대추 꽃만 한 거미와 들길을 내내 걸었네

잡은 것이 없어 매인 것도 없다는 듯

날개도 없이 허공을 나는 거미 한 마리

가고 싶은 데 가는지 가기로 한 데 가는지

배낭 멘 사람 따윈 안중에 없다는 듯

바람도 없는 빈 하늘을 바람 가듯 날아가데

날개 없는 거미의 날개는 무엇이었을까

눈에는 보이지 않는 무언가 있다는 듯

매나니 거칠 것 없이 홀홀, 혈혈단신 떠나데
—「바람의 머리카락」 전문

연시조 「바람의 머리카락」은 가락의 유연함이 잘 살아나고 있는 작품이다. 유연함은 "잡은 것이 없어 매인 것도 없다는 듯"의 없다는 것의 반복이나, "가고 싶은 데 가는지 가기로 한 데 가는지"에서 가는 것의 반복에서 잘 나타나고 있다. 반복이 주는 효과는 운율을 살려주고, 반복의 부위를 강조시키기도 한다. 그런데 같은 말의 반복은 상징의 효과도 가지고 있어 여러모로 유용하게 작용을 하기도 한다. 특히 "없이"나 "없는", "않는" 등의 부정어의 반복은 어느 것에도 거칠 것 없는 바람의 유연함을 나타내면서 주제를 심화시키는 데 기여하고 있다.

신은 석양을 그리다 망쳐버렸다

앞뒷산 붓자락에
먹물 반쯤 잠겨 버린

이런 날

이른 별빛도
목메는 설움이다

아니 서러운 건
별도 아닌
눈물도 아닌

시드는 꽃이다
팽팽한 자존이다

처절한 이 포복에도 까딱 않는 님이다

─「황진이 별곡」 전문

첫 수 초장에서 두서없이 시인은 신이 석양을 그리다 망쳐버렸다고 신을 힐난한다. 왜냐하면 노을의 붉음이 아니라 앞산과 뒷산 모두가 "먹물 반쯤 잠겨 버린" 회색빛이기 때문이다. 개밥바라기 별빛도 "목메는 설움"이라고 말한다. 어조는 유연하지 않고 단호하다. 이 단호함은 둘째 수 중장에서 더 두드러지게 나타난다. "시드는 꽃"이면서 그것에 좌우되는 것이 아니라 "오히려 "팽팽한 자존"이라는 것이다. "처절한 이 포복에도 까딱 않는 님이다"이라고 하였다. "처절한 이 포복"은 무엇을 의미하며 "까딱 않는 님"은 무엇을 의미하는 것일까. "까딱 않는 님"은 바로 위를 이어받아 "팽팽한 자존"이고 "시드는 꽃"이다. "서러운" 존재다. "목메는 설움"이고 먹물 반쯤 잠긴 회색빛이다.

그런데 중요한 것은 이 존재가 먹물 반쯤 잠긴 회색빛 → "목메는 설움"→ "서러운" 존재→"시드는 꽃"→"팽팽한 자존"→"까딱 않는 님"의 단계를 거치며 점점 더 완강한 존재로 바뀌어가고 있다는 것이다. 이 존재는 부드러우면서도 강한 존재이다. 말하자면 절대적 존재로까지 업그레이드된다. 이러한 절대적 존재이니 처절하게 매달려도 청청한 존재인 것이다. 이 존재는 서정자아가 누구냐에 따라 황진이가 사랑한 임일 수도 있고, 황진이 자신일 수도 있다.

봄비 한번/ 제대로 오니/ 온 산 휘두르는/ 봄꽃 봄꽃들/
그 꽃/ 그늘에 가린/ 진달래도/ 살살 타되, /
꽃송이/ 몇 대 못 올리는 건/ 너나 나나/ 한 가지/
— 「폭풍의 언덕」 첫 수(한 음보 안에 볼드체는 강음)

그런데 우리는 여기서 이 작품이 자수 개념으로 보았을 때 정격을 벗어난 과음보가 많이 등장하고 있음을 볼 수 있다. 홍시인의 경우 비교적 가락의 자유로움을 추구하는 연시조의 작품에서 이러한 경향이 있음을 알 수 있는데 여기에는 무슨 이유가 있는 것일까.

이를 자수로 보면 초장은 4·5·6·5로 평음보−과음보−과음보−과음보로 되어있다. 시조는 대부분의 경우 과음보의 중첩을 꺼리는 법인데 이를 과감히 시도하고 있는 것이다. 더욱이 세 개의 음보가 과음보가 중첩되는 경우는 아주 드문 경우에 해당된다. 율독의 경우 엇박자가 나기 쉽고 불안정하기 때문에 꺼리는 것이다.

그런데 첫 수를 율독해보면 자연스레 율독이 되는 것을 알 수 있다. 한 음보 안에서 강약이 조절 되면서 음수의 조절이 일어나고 있기 때문이다. 말하자면 초장은

봄비 한번/ 제대로 오니/ 온 산 휘두르는/ 봄꽃 봄꽃들
1 2 3 / 1 2 3 4 / 1 2 3 4 / 1 2 3 4

약음보의 경우는 2자가 1모라의 길이를 가짐으로써 3·4·4·4의 모라로 읽혀지는 까닭에, 과음보이지만 자연스럽게 읽히고 있기 때문이다. 이처럼 홍 시인은 강약의 조절을 절묘하게 이용하여 율격의 자연스러움을 확보하고 있음을 알 수 있다.

얼마나 많은 꽃들 이 별에선 피고 지는지
얼마나 많은 일들 벌어지는지 알 수 없으니
그렇지, 그럴 수도 있겠지… 못 참거나, 부끄럽거나

두려운 건 아무렇게나 덜걱대는 심장이어서
미안한 건 하다 만 연애나 읽지 않은 책들일까
잘 익은 포도주처럼 깊어 가는 내 저녁
　　　　　　　　　　　　─「폭풍의 언덕」 셋째, 넷째 수 전문

여기서도 과음보가 중첩되거나 아예 2음보로 늘어난 경우를 살펴보면 흥미롭다. "얼마나 많은 일들 벌어지는지 알 수 없으니"에서 "벌어지는지"와 "알 수 없으니"가

강, 약의 조절에 의하여 각각 4모라의 음량을 가지고 있다고 볼 수 있으며, 2음보로 늘어난 "하다 만 연애나"도 6모라가 아니라 5모라의 음량을 가지면서 1음보로 읽히고 있는 것을 알 수 있다. 한 음보 안에서 강약은 시의 의미와 상관을 가지면서 음량에도 관여함으로써 율격의 단조로움을 보완하는 데 큰 역할을 하고 있음을 알 수 있다.

시달리는 건 억새꽃일까 마냥 부는 강바람일까
저 보드라운 자세도 헤어지는 시늉이니
어느 때 헤어질 것인가
아무도 모를 시한

헤어진다는 게 눈에 보이지 않는 거라면
영영 헤어진 아버지처럼은 말고
한동안 보이지 않는 게
헤어지는 거라면

해 뜰 때 나간 사람 돌아와 문을 여는
훗날 어느 백년까지 헤어지련다 헤어지련다
늦콩 둔 저녁을 지으며
마음 단단히 먹고

— 「물억새의 노래」 전문

이 작품 역시 연시조로서 가락의 유연성을 잘 살리고 있는 작품이다. 이 작품에서도 언뜻 음보에 문제가 있는 것으로 보이는 부분을 살펴보면,

① 시달리는 건 억새꽃일까 마냥 부는 강바람일까
② 저 보드라운 자세도 헤어지는 시늉이니
③ 헤어진다는 게 눈에 보이지 않는 거라면
④ 훗날 어느 백년까지 헤어지련다 헤어지련다

①에서는 과음보가 세 음보 이상에서 나타나고 있으며 ②에서는 특히 소음보가 많이 등장하는 중장의 첫 구에서 과음보가 발생하고 있다는 점에서, ③은 과음보−소음보−과음보−소음보로 선장후단先長後短의 불안정한 배열을 보여주고 있다는 점에서 ④는 과음보의 중첩을 보여주고 있다는 점에서이다. 과음보가 일어난 ①,②,④의 경우 강, 약의 조절이 개입되면 ①시달리는 건/ 억새꽃일까//, ②저 보드라운/ ④헤어지련다/ 헤어지련다//로 볼 수 있으므로 평음보의 음량으로 읽혀지는 것이 가능하다. ③의 경우는 "헤어진다는 게"를 한 음보로 볼 수 있지만 율독에는 "헤어/ 진다는 게"의 2음보가 오히려 자연스러우므로 이럴 경우 후구가 과음보의 중첩이 된다. 그러나 이 중첩의 경우도 "눈에 보이지 않는 거라면"의 강약에 의해 4모라의 음량을 각각 가지므로 자연스럽게 읽히고 있다는 것이다.

그렇다면 왜 홍시인은 이렇게 복잡하게 강약에 의한 음량의 조절까지를 염두에 두고 작품을 창작하고 있는 것일까. 그것은 시조가 갖고 있는 기계적인 율격의 단조로움을 극복하기 위한 노력의 일환이라는 점이다. 특히 단시조가 아닌 연시조에서 이러한 경향이 보이는 것은 단시조에서는 오히려 간결미나 단조로움이 중요 미학적인 특질이 되는 반면 연시조에서는 이런 간결미나 단조로움보다는 유장함이나 유연함이 더 필요한 미적 자질인 때문으로 풀이해볼 수 있겠다.

3. 절정의 구조와 깊이 사유하는 영혼의 "따뜻한 슬픔"

시조 가락의 유연성은 사설시조에 이르면 더 자유롭게 변주된다. 조운문학상 수상작인 「큰고니를 노래함」도 맺힘과 풀림이 반복되면서 운용의 폭을 넓히고 있음이 주목된다.

어느 별이 보낸 인연이었나
부르지 않아도 찾아와서는

기꺼이, 하늘 아니어도 솟구쳤다간 날개를 펼쳐 선회하듯이 마땅히, 날 기다리지 않아 날 붙잡아두지도 않아 아닌 듯, 내 마음 잔가지 흔드는 바람이었다가 정말은, 잠시도 날 가만 두지 않는 파랑波浪이었다가

어느 날
보내지 않아도 떠나버릴 그대여
　　　　　　　　　　　　－「큰고니를 노래함」 전문

종장은 늘어나지 않고, 초장은 2음보만 늘어났지만 중

장은 많이 늘어났다. 중장의 늘어난 부분은 네 마디로 나
누어지는데 나눠지는 부분으로 나누어보면 가락의 운용
에서 흥미로운 사실을 발견할 수 있다.

> 기꺼이, 하늘 아니어도 솟구쳤다간 날개를 펼쳐 선회하듯이 마
> 땅히,
> 날 기다리지 않아 날 붙잡아두지도 않아 아닌 듯,
> 내 마음 잔가지 흔드는 바람이었다가 정말은,
> 잠시도 날 가만 두지 않는 파랑波浪이었다가

　단순하게 보면 4구 중 첫 구가 2음보 정도 길어 보이고
2,3,4구가 엇비슷한 길이로 보여 단조롭고 평이하게 보
인다. 그러나 실제의 율독을 감안해보면 전혀 다르다는
점을 알 수 있다. 볼드체의 "마땅히"나 "정말은"이 실제
율독으로는 다음 구에 관여하고 있기 때문이다. 이를 각
각 다음 구에 배치해보면 1,2,4구가 엇비슷한 길이가 되
고 3구가 가장 짧게 되어 변화를 느끼게 된다. 3구는 '반
복－열거－절정'의 '절정'에 해당되므로 길어져서는 묘미
가 반감될 수밖에 없는데 이를 절묘하게 실현해내고 있
는 것이다. 종장의 배치도 "어느 날"을 1행으로 처리하고
다음 구 이하를 1행으로 처리하고 있다. 1행으로 하여 호
흡을 충분히 고른 다음 "보내지 않아도 떠나버릴 그대여"
를 통으로 읽히게 하여 "그대여"에 초점을 모으고 있다.
이 어조는 결국 시인이 이 작품을 통해 드러내고자하는
인연의 소중함과 어떤 절대성에 가까이 갈 수 없는 안타

까움을 여운 있게 잘 보여주고자 하는 의도로 해석이 된다.

이 반복, 열거, 절정의 기법은 「봄이 오면 산에 들에」작품에는 아주 선명하게 나타나고 있다. 이 작품에서 중장은 봄꽃들의 종류가 그 특성과 함께 열거되고 있는데 그 후반부를 보면,

> 하늘에도 땅채송화 구수하니 각시둥굴레, 생쥐 잡아 괭이눈 도망쳐라 털괭이눈, 싫어도 동의나물 낯 두꺼운 윤판나물, 허허실실 미치광이 달콤해도 좀씀바귀, 모두 모아 모데미풀 한계령에 한계령풀, 기운 내게 물솜방망이 삼태기에 삼지구엽초, 바람둥이 변산바람꽃 은밀하니 조개나물, 봉긋한 들꽃 산꽃 두 팔 가린 저 젖망울

봄꽃들을 열거하는 마지막을 "봉긋한 들꽃 산꽃 두 팔 가린 저 젖망울"로 축약해서 보여준다. 말하자면 모든 꽃이 "봉긋한 들꽃 산꽃"이고 "두 팔 가린 저 젖망울"이라는 것이다. 이러한 축약이 바로 절정에 해당되는 것이다. 그런데 이 작품의 경우 초장의 "단비 한번 왔는갑다 활딱 벗고 뛰쳐나온 저년들 봐, 저년들 봐"의 여성성이, 종장의 "간지러, 봄바람 간지러 홀아비꽃대 남실"대는 남성성과 만남으로써, 더욱 흥성스러운 분위기를 연출하고 있음이 주목된다.

너를 사랑하고
사랑하는 법을 배웠다

차마, 사랑은 여윈 네 얼굴 바라보다 일어서는 것 묻고 싶은 맘
접어두는 것 말 못하고 돌아서는 것
　하필, 동짓밤 빈 가지 사이 어둠별에서 손톱달에서 가슴 저리
게 너를 보는 것
　문득, 삿갓등 아래 함박눈 오는 밤 창문 활짝 열고 서서 그립다
네가 그립다 눈에게만 고하는 것
　끝내, 사랑한다는 말 따윈 끝끝내 참아내는 것

숫눈길
따뜻한 슬픔이
딛고 오던
그 저녁

　　　　　　　　　　　　　　　　　　　　　－「따뜻한 슬픔」 전문

「따뜻한 슬픔」에서 시인의 의식은 차마 말을 하지 못하
고 끝끝내 참아내고 견디는 인내에 모아지고 있다. 사람
에겐 누구나 '차마 하지 못하는 마음이 있음人皆有不忍人之
心'을 지긋함으로 눌러두고, 그것을 도리어 "손톱달"을 보
면서 "가슴 저리게" 그리워하거나 "삿갓등 아래 함박눈"
을 보면서 그 눈에게만 읊조리는 것으로 그 그리움을 새
기고 있는 것이다. "숫눈길/ 따뜻한 슬픔"이라는 대비적
인 언어의 조합이 시인의 심사를 잘 설명해주고 있다. 차
갑지만 따뜻한, 순수하면서도 고즈넉한, 환희에 차있는

듯 보이면서도 슬픔으로 묵직한 정서이기에 결코 가볍지 않는 성찰적 자세를 보여주고 있는 것이다.

"어느 날/ 보내지 않아도 떠나버릴 그대"를 원망 없이 바라보거나 "손톱달에서 가슴 저리"면서도 "사랑한다는 말 따윈 끝끝내 참아내는" 시인의 시정신에는 깊이 있는 영혼의 울림이 있다. '차마 하지 못하는 마음'은 남을 불쌍히 여겨 하고 싶은 대로 행동하지 않는 애린의 마음이고, 이 애린의 마음은 홍성란 시인의 작품 기저 자질이기도 하다.

산자락 붉나무 코끝도 빨간 아침

버틴다고 버틴 산발치 배추들이 소름 돋은 고갱이 환히 내밀고 있다 무슨 기척에 도망갔는지 웃잎만 건드린 어린 고라니 엉덩이 강종강종 건너갔을 마른 개울 저만치

겁먹은 어미의 긴 속눈썹 눈망울도 지나갔다
— 「상강霜降 무렵」 전문

「상강霜降 무렵」에서도 우리는 맑고도 깊은 영혼의 슬픈 마음을 읽게 된다. 이제 중년의 나이가 되어 "어미의 긴 속눈썹 눈망울"로 "산자락 붉나무 코끝도 빨간" 것을 발견하고 "웃잎만 건드린 어린 고라니 엉덩이 강종강종 건너갔을 마른 개울"의 물무늬도 애정 어린 눈빛으로 바라보게 된 것이다.

이러한 시인의 시적 사유는 「가느단 마음」이나 「뮤즈의

노래」 등에서도 잘 확인되고 있다. 시인은 「가느단 마음」
에서 "누가 허락했을까 오늘 이 하루"를 초장에서 물어보
면서 그 하루의 모습을 아주 세세하게 그려내는데 "햇살
아래 팔 벌려 고개 젖히면 따스한 손바닥 이마를 짚으며
열이 좀 있다고 너무 달뜨지 마라고 너스레떠는 하늘 좀
보"라고 말한다. "바스라지는 화살나무 산딸나무 붉은 이
파리 가지에서 가지로 옮겨 앉는 텃새들 콩알만 한 심장
을 좀 보"라고 말한다. 이 섬약하고 미세하게 "그림자 늘
이며 가는 가느단 마음"을 그려낸다. 그런가하면 「뮤즈
의 노래」에서는 "백수광부의 아내처럼 강가에서 헤매"는
울음을 돌에 비유해 "어떤 돌은 미끄러지다 않고 어떤 돌
은 돌에 닿아 깨어져나가기도 하니 목메어, 목이 메어/
겨울 강 돌밭에서 헤매노라"고 얘기한다. 말하자면 남에
게 전가하지 않고 홀로 울며 견디는 슬픔의 극한을 담아
내고 있다고 볼 수 있다. 시인의 맑고도 깊이 사유하는
영혼의 울림이 "숫눈길 따뜻한 슬픔"을 견인하고 있다고
볼 수 있는 것이다.

지금까지 홍성란 시인의 단시조와 연시조, 사설시조에
나타난 시적 특성에 대해 살펴보았다. 단시조에서는 단
절과 초월의 구성법이 긴장감을 느끼게 하며, 특히 각 장
에서는 전이轉移가 크게 일어나며 행간에 많은 이야기를
숨기고 있는 특징을 보여준다. 연시조에서는 시조가 갖
고 있는 기계적인 율격의 단조로움을 극복하기 위해 상

당히 자유로운 가락의 운용 폭을 보여주면서 유장함이나 유연함의 미적 자질을 충분히 펼쳐 보이고 있음을 볼 수 있다. 사설시조에서는 반복, 열거, 절정의 기법을 시의 내용에 상응하도록 배치하여 효율성을 극대화하고 있으며, 애린의 시각으로 시적 대상의 바닥을 짚어내는 따뜻하면서도 깊은 울림의 성찰적 자세를 보여주고 있다. 시조의 모든 갈래에 능통한 한 시인의 탄생을 진심으로 축하한다. 조운문학상 제1회 수상자로 당당하게 선정된 이유도 여기에 있다. ▨

고요아침 운문정신 06

바람의 머리카락

초   판 1쇄 발행일 · 2016년 02월 29일
초   판 2쇄 발행일 · 2016년 12월 09일

지은이 ｜ 홍성란
펴낸이 ｜ 노정자
펴낸곳 ｜ 도서출판 고요아침
편   집 ｜ 이유성 김남규

출판등록 2002년 8월 1일 제 1-3094호
03678 서울시 서대문구 증가로 29길 12-27 102호
전   화 ｜ 02-302-3194~5
팩   스 ｜ 02-302-3198
E-mail ｜ goyoachim@hanmail.net
홈페이지 ｜ www.goyoachim.com

ISBN 978-89-6039-781-1(04810)